조치원역

조치원역

초판1쇄 2001년 9월 20일 / **지은이** 오철수 / **펴낸이** 김성달 / **펴낸곳 새미** / **등록일** 1994.3.10.
제17-271 / **총무** 이용남 · 박아름 / **편집** 서경아 · 이현아 · 황충기 / **영업** 한창남 · 조정환 ·
김상진 · 김유리 / **물류** 정근용 / **인쇄** 박유복 · 안준철 · 김태범 / **제본** 문성제책사
주소 서울시 강동구 암사4동 452-20 T : 442 - 4623~6, F : 442 - 4625
Home-page www.kookhak.co.kr, E-mail kookhak@orgio.net

ISBN 89-89352-81-9 03810, 가격 5,000원

조치원역

새미

自 序

모르겠다

근 5년 동안 알려고 노력했는데 나쁜 내 머리로는 철학서 한 권도 내 것으로 만들지 못했다(그래서 한 권만 줄창 읽을 걸, 하는 생각도 했다).

계속 모르는 것이 꼬리에 꼬리를 물었고 그래서 앎이 대륙처럼 늘어난 것이 아니라 망망대해와 배고픔이라는 현실의 불안만 점점 커지고 기막히게도 지금은 내가 무엇을 알려고 했는지조차 모른다.

솔직히 한 번 멋진 작가가 되고 싶었는데 칸트 앞에서도 니체 앞에서도(돌이켜 생각해 보니, 니체를 연구하는 학회에서 니체를 '니체'로 부르기로 했다는 것과 컴퓨터 한글 맞춤법 검사는 니체는 통과시키지만 '니체'라고 쓰면 붉은 줄이 그어진다는 사실만 알았다) 푸코, 들뢰즈, 원효, 데리다, 노장(老莊) 앞에서도 나는 지진아가 되었을 뿐 도대체 모르겠다.

겸손해서 해보는 말이 아니라 나를 멍청이로 만든 그들의 어려운 생각을 비난하려는 것이 아니라 솔직히 정말 무슨 말인지, 내가 누군지도 지금은 모르겠다.

이십대 때 마르크스와 레닌을 읽으며 그랬듯이 조금 폼나 보이려고 했다가 더 망가진 40대 중반.

그런데도 할 일이 또 시 쓰는 일 뿐이라니!

배운 도둑질이 그것 하나 뿐이라는 것이 그 도둑질만으로 내가 있다는 것이 정말 두렵다.

20년쯤 된 아버지의 눈물이 생각났다.

담당 검사 앞에서 대학생 아들 대신 아버지는 죄인처럼 각서에 지장을 찍고 서소문 근처에 식당에 갔다. 나와 아버지는 그때까지 한 마디 말도 없었다. 소주를 한 잔 따라드리며 아버지 얼굴을 보았는데, 그 양반 눈시울이 붉었다. 내 나이만큼 깊게 패인 주름에 잘 지워지지 않는 시멘트가루 그대로 남아 있던 시멘트공장 공작실 노동자 그 양반 입에서 "고생했지" 한마디 간신히 나왔었다.

오늘 그 神의 음성이 귓가에 쟁쟁하다, 두렵다.

나의 두려움을 받아준 모든 이에게 고맙다.

2001년 9월, 오철수

차 례

제 1 부

사랑하는 동안 나는 끝내

조치원 역

모든 사랑은 멀리서 오고
가장 가까이서 멀어져 가나니 거기
조치원 역 있다
만나기 위해 갔던 곳
떠나기 위해 다시 있던 곳
역 광장 시계탑 위로 제비꽃빛 같은 시간이 머물 때면
그대 저 만큼서 조금씩 커져 내게로 왔던가
아는가, 꽃불로 타오르던 사랑
하지만 싣고 가는 기차에겐 경유지만 있는 것
멈춰 선 곳에 이별도 있어 거기
사랑은 지고 조치원 역 있다
오늘 문득 저 사람들 사이로 사라지는
아득한 이름이여! 거기쯤
아직도 돌아가지 못한 한 사내 서성인다, 눈부신
그 자리
가버린 시간이 있었으니
오는 추억도 있어
새잎 나는 버드나무처럼 밝고 선한 여인
늙지도 않는 거기 조치원 역

땡볕

역사(驛舍) 안 텅 빈 철길 쪽이
눈을 뜰 수 없을 정도로 거대한 빛의 거울인데
모든 게 생생하다
가만 보니, 녹슨 쇠토막들 붉게 성나 있다
가만 보니, 꼿꼿이 선 칸나들
거뭇거뭇 입술 끝이 타들어 가면서도 연신
햇살을 당기며 대낮, 불숭어리다
플랫폼 시멘트 바닥과 자갈들도
자빠진 개구리 배처럼 하얗다, 땡볕과
한판 붙은 것이다
까마득 까마득한 승천(昇天)처럼 하늘도 새파래지는데
오래된 역사 간판만 흐릿한 눈으로
먼 산 바라보고
난리다, 전봇대도 금잔화도
무모한 이 대낮의 사랑이여!

나만 벌써 죽어 있었구나

사랑하는 동안 나는 끝내

떠난다는 것은
오래 전부터 이미 약조된 일일지라도 슬프다
죽지 않았으므로 죽도록 좋아한 것도 아니고
결국 그리워함으로 미워한 것도 아닌
어리석은 길로 그대를 보내고
후회는 깊은 밤 위통과 같다
온몸에 금이 가는 듯한 수신(受信)
그렇다, 우리는 오늘을 통해 어제를 기억할 뿐이다
플라타너스 이파리들이 몇 장 남은 고서적(古書籍) 같이
서 있을 때야 비로소 지나간 그의 청춘을 더듬듯
그렇다, 우리는 오늘을 통해서만 내일을 가질 뿐이었다
돌아가는 그대의 뒷모습을 오래도록 지켜보며
늘 다다르지 못했던 오늘, 육신은 아팠고
사랑하는 동안 나는 끝내 머물만한 집을 갖지 못했다
끝내 흘러가는 것이 지상의 사랑이라는 것도
편안하게 인정하지 못했다
때늦게 나는, 슬픔이 깊어지면 그 끝에서
사랑은 다시 온다는 것을 알뿐이다.

사랑의 길

겨울 햇살보다 먼저
내 마음 그대 감추어둔 살내음에 가 있고
어쩌랴 내 걸음이 낸 길은
모두 그대에게로 가느니
그게 죄인들 죄 아닌 곳을 볼 수 없으므로
어리석음도 사랑되는 날
비어 있는 곳 모두
눈부신 당신 웃음
눈길이 멎는 곳 모두
깨알같은 당신 말씀
나 일손 놓고 커피를 마실 때도
맥없이 앉아 있을 때도
사뿐 당신이 왔다가 가는 소리를 듣는데 어쩌랴
죄보다도 먼저 당신은 있고
그게 내 사랑인 걸

낙화암

낙화암에 갔어라
얼마나 아름다우냐 꽃잎 떨어지는 바위
얼마나 아름다우냐 꽃잎처럼 떨어지는 바위
산벚꽃 펄펄 휘날리는 낙화암
둘 곳 없는 모든 마음
비로소 꽃으로 돌아가게 하는 벼랑의 꼭대기,
이승 넘는 꽃門이여
무엇인들 지나치지 않고 꽃일 수 있으랴
꽃이지 않고 또 무엇을 넘어설 수 있으랴
모든 생각들이 꽃이 되는
낙화암
낙화

봄, 그 한철

아무런 부러움도 없어요
날 만나러 오시는 길에 이미
그 밑이 축축해지던 여자를 나는 알고 있어요
태어날 때부터 입과 눈이 없는 까닭으로
보듬어 안으면 오호라
지천으로 흐드러지는 매화
냉이꽃 진달래 산수유 민들레 목련 벚꽃 제비꽃 살구꽃
명자꽃 철
쭉 수수꽃다리 라일락 같은 것
다 그 여자지요
한 철, 그렇게 보냈는데 무슨 염치로
가시는 님 이러쿵저러쿵 탓하겠어요
발가벗은 커다란 엉덩이로 주저앉아
온몸 열십자로 터지듯 붉게 붉게 붉게 날 쳐다보시던
마지막 영산홍도
그 여잔걸
천년이라도 나는 기다려야지요
나까지 데려가도 그 여자 쫓겨나지 않는
天上의 날까지

선선한 바람 부는 날

사흘 장마 그치고 모처럼
아침나절 잠깐 선선한 바람 부는 날
내가 너를 그리워한들 무슨 흉이랴
하늘 반쪽은 먹구름 흰구름 뒤엉켜 쿨렁이고
나머지 반쪽 끝없이 파란 우물인 것을
세상은 온통 은빛 비늘 번쩍이는 물고기떼
허연 배를 뒤집으며 펄떡 펄떡
초록 것들 희롱하는데 오늘 같은 날
高雲山자락 민박집 생각하며 그리워한들
무슨 죄랴 나 몰라라 하늘도 아득한데
이제쯤 손님 발걸음도 뜸해 주인 아줌마
눈치도 고분고분해졌을 그 집 평상에 술상 봐 놓고
이십 여 년 전 그대와 술잔을 주고받다가
거나하게 취해 잠든들
하얀 가짜 모시이블 덮은 채로 잠에서 깨인들
어쩌랴 하늘도 까마득하게 멀어 죄가 될 것 같지 않은 날
모처럼 선선한 바람 툭 툭 부는 날은

당신의 사랑은 바람 같아요

나는 당신의 사랑을 알 수 없어요
저기 은행나무를 뒤흔드는 바람과 같아요
때로는 아무도 느낄 수 없는 고요로 나를 휘감아
극초록의 탄성으로 빛나게 하고 때로는
머리채를 사정없이 낚아채 쓰러뜨리듯
사랑의 죄 묻기도 하지만
그뿐이에요 알 수 없어요
당신의 사랑, 저기 은행나뭇잎을 스쳐 가는 바람처럼
어느 날은 저 혼자 기뻐져 사뿐사뿐 내 주위를 맴돌고
어느 날은 저 혼자 슬퍼져 느릿느릿 팔을 잡아끌지만
내겐 다 나를 사랑하시는 손길이어서
나는 맡길 뿐, 알 수 없어요
사랑의 손길은 거칠지 않다고 남들은 말하지만
또 결코 상처도 주지 않는다고 말하지만
알 수 없어요 내겐 모두가 쉼 없는 당신의 사랑
당신은 내 몸의 빛과 소리로만 계시지요
저기 은행나무 뒤흔드는 바람 같이

당신이 오신다니

당신이 오신다니
하늘도 높구나
앞산이 한 걸음 당겨 와 정성스레 밭일하고
껑충한 옥수수 이파리는 출렁출렁 돌아다니며
백록볕 한 움큼씩 비료 인양 뿌리는구나
축 늘어져 지루하던 외포리(外浦里) 아득한 저 길로도
트럭 한 대 쏜살같이 달려가고
흰 바람은 순식간에
잠자리떼로 해오라기로 새소리로 날다가
일제히 내려앉아 푸른 논 되고
일제히 날아올라 구름 되고
둥 둥
흰 웃음이구나
당신이 오신 다니 내가 다 환한 길이구나, 거기 거기에서
부터
쑥갓 대공 노랑꽃까지

개망초

이 번 주말엔 나도
하록 논뚝길따라 개망초로나 서 있을까 보다
너무나 더워 사람 하나 보이지 않는 대낮
혼자 하얀 이 드러내 놓고 깔깔대다가
심드렁하게 하늘 보다가
건들건들 바람 불어오면 남진의 미워도 다시 한 번이나
흥얼거리다가
말다가
하록에 있을까 보다 계란꽃 망초처럼
님 따라 길 따라
종일
종일

억새의 노래

꽃 피라면 피고
지라면 져야지요
겨우내 모아 두었던 먼 당신의 온기
초록잎으로 꺼내 두라면 그래야지요
꼭 당신이 오실 것 같이
저 하늘이 조약돌의 눈처럼 맑고 푸른 가을날
네 몸 속에 숨겨 둔 황금의 언약
이제 여기에 두고 가시라면
어쩌겠어요, 이 언덕에서 하얗게 춤추며 울며 그래야지요
더 생각해도 덜 생각해도 죄가 되는
나는 그래야지요
당신이 다 나인 날까지
당신 오고 가시는 일이 나인 날까지
그래야지요, 그러지요

목 련

사랑한다는 말은 슬프다
더 이상 숨을 곳 없는
막다른 골목 같아서
스스로 눈 질끈 감고야 마는
내 사랑 한 철
내 사랑 한 철
목련꽃 같아

아프다, 당신만 생각하면 눈물부터 난다는 말은

당신이 보고 싶은 날은

당신이 보고 싶어
아무 것도 할 수 없는 날은
바깥 풍경이 한 열 길쯤은 투명해 보여요
모든 것이 그대로인데
사람들은 커다란 벽시계의 초침처럼 흐르고
눈길이 닿는 곳마다 신기하게도
누군가가 방금 자리를 비운 것처럼
텅 비고
평일 날 성당 같아요
그래요 마치 영화를 보는 것처럼
화사하고 슬퍼요
모든 것이 똑같은데
모든 것이 달라진 풍경
거기에 한 사람 날 사랑하기 위해 숨가쁘게 걸어오시던
길도
그대로 인데
알 수 없어요
이 세상 어디에서
당신, 환하게 웃고 있는지요.

제 2 부

유치한 것이 아름답다

가을 아침

여름에서 갑자기
가을이 된 아침은 성당 고해실 같다
나는 문득 반쯤은 막막하고
반쯤은 내동댕이쳐졌다
나로부터 온 것은 하나도 없는 풍경
어제까지만 해도 밋밋하던 은행나무는
한 때 날 사랑하다가 무심해진 여인의 눈길처럼 차갑고
길 건너 편 햇볕 자국이
검정 사제복의 흰 로망 칼라 같다
영어교실 노란 봉고차를 기다리는 아이들이
색종이처럼 알록달록 흔들리다가
텅 비고
생은 어쩌면 그저 거기에 그렇게
있었던 것으로 있는지도 모른다
바람이 불 때마다
첫 가을 옷으로 갈아입은 여자들의
마르지 않은 향수 냄새가 날렸고
냉담한지 10년이 넘은 내 발길
주춤거린다, 가을 아침에

겨울 江처럼

내가 한 사람을 사랑하는가 보다
한 사람, 넘치지 않게
싯푸르게 감추고서
흐르는가 보다, 키 큰 미루나무 꼭대기 텅 빈 하늘 품고
아닌 듯 숨죽여 흐르나 보다
그대에게 가면서도 그대에게 다다르지 못했던
스무 살 때 신열, 은비늘 고기떼처럼 빛내며
가나보다 사랑하나 보다
다치지 말아야지 하며 굽어 선 자리마다
차마 하지 못했던 말들
눈 시린 모래 둔덕으로 남겨 두고
한 사람, 전 생애로 그리워하나 보다
저 겨울 강처럼
굳지 않는 푸른 흉터처럼

첫사랑을 기억했다

 — 나의 선거전술은, 무조건, 민중후보에게, 표를 던진다

나는 아직도
"민중후보를 국회로!"라는 구호를 들으면
등줄기가 뻣뻣해지며 조건 반사처럼
화염에 휩싸여 달려가는 아름다운 청년이 보이고
현대중공업 노동자들의 골리앗 투쟁이 생각나며
박수를 쳐야겠다는 생각에
눈치를 보게 된다. 그때는 폭압의 시절이었으므로.

나이 사십이 되어 길을 걷다가도
"민중후보를 대통령으로!"라는 구호를 들으면
머리칼이 쭈뼛하며 나도 저기에 서있어야 하는데, 하는
생각이
불끈 솟으면서 오그라든 지금의 내 가슴이 부끄럽다
마치 퇴짜맞은 첫사랑이 들통난 것처럼.

한 때 나는 투표장에 들어가면서
"그래도 일단 될 사람을 밀어야지……"
생각했던 적이 있다(이것을 비판적 지지라고도 한다)
좋아하는 것과 결혼하는 것은 다르다는
첫사랑 그 여자 말과 꼭 닮은 논리로

첫사랑의 아픔도 현실적으로 아주 현실적으로 잊어버리
고 나는
투표장을 나왔다

그러나 나는 이제
무조건, 민주노동당 후보에게, 표를 던질 것이다
버려졌으나 영혼 속에 살아 있는
아직도 붉은 나의 첫사랑을 기억하며
끝까지 기억하며

통화권이탈
- 무서운 서비스 정신

2개월 간 잘 사용하던 휴대폰이
어느 날 갑자기 <통화권이탈>이라는 메시지만 떠올리며
먹통이 되었다

당연히 서비스 센터에 갔다
전화 속이 부식되었고, 이유는 <침수>라고 했다
말인즉 물이 들어가서 그렇다는 것이다
아무리 생각하고 생각해도
그런 적이 없는데 그렇다고 한다

논리는 간단했다
부식되었으니 물이 들어갔을 것이고
당신이 사용했으니 당신의 책임이라는 것이다
물론 2개월 간 휴대폰에 묻은 모든 것은
침수의 증거! 하

그랬다, 20년 전 그 경찰서에서도 나는
내가 읽은 모든 책으로 인하여
심지어는 이웃집 시끄러울까봐 산
헤드폰까지도 북한 방송 청취용이 되어

새끼 빨갱이가 된 적이 있다

그랬다, 아무리 아니라고 해도
그런 적이 없다고 해도 그들은
만족을 드리지 못해 죄송합니다, 생글 웃고
다시 만족을 드리지 못해 죄송합니다, 생긋 웃고
고백해— 다 네 탓이죠, 하

그랬다
마흔 두 살 어느 날 난 갑자기 <통화권이탈>이 되었다
증명할 수 없는 죄인이 된 것이다
"다 네 탓이었으므로!"

소리 없는 절규

- 나는 인간이기 때문에 애도한다, 팔레스타인의 한 아이의 죽음에
- 나는 인간이기 때문에 강력히 항의한다, 이스라엘 정부에

한 아이가 죽었다
대낮 콩볶듯한 총성 속에
겁에 질려 자궁 속의 태아처럼 웅크린 채
살려달라고 절규하던

팔레스타인 한 아이가 죽었다
총알이 그의 가는 목을 관통했다
이제 돌아가 어머니가 지어준 저녁밥을 맛있게 먹고
즐거운 꿈을 꾸게 해달라고 기도하고
잠이 들어야할
우리의 아들 딸 같은

아이는 죽고
그 죽어 가는 과정이 전 세계에 방영되었다
나는 저녁을 먹으며 뉴스를 보다가 그 장면에 구역질을
했다
방금 전까지만 해도 세상에서 가장 작아지려고 온힘을 다
해
몸을 웅크리던 아이의

축 늘어진 주검
더 이상 두려움도 공포도 없는
저 침묵의 외침!

나는 도무지 알 수 없다 왜 저 아이가 죽어야 하는가
어쩌면 저 아이가 어렴풋이 짐작했을지도 모를 죽임의 이
유를
구로동에 살고 있는 나는
이해할 수도 느낄 수도 없다 다만
공포를 짐작한다
공포를 뚫고 나오는 생명의 외침을 안다

총은 사라져야 한다
총에는 어떤 인간의 정의도 없다
그래서 지금 저 한 아이는 목에서 피가 흐르고 있다
총에는 어떤 神의 정의도 없다
그래서 저 팔레스타인의 한 아이는 죽었다

하 늘

파란 하늘을 오랫동안 보고있으니
헛구역질 나고 어지러워요
어디가 입구이고
어디가 집으로 돌아가는 길인지 입술인지 사랑인지
어디부터 어디까지 당신인지
도대체 나는 어디까진지
알 수 없어요 하늘은 종일 파랗고
온몸 부서질 것 같이 아파요
시작도 끝도 없어요

당신 앞에서
모든 것은 허구여요 살았다는 것조차
어디부터 어디까지
당신이어요 하늘이어요

향기의 절반은 고독이다

 - 장 미

태생을 말하고 싶지 않는 여자의 입술처럼
겹겹이 닫힌, 나는 너무 오랫동안 화병에 꽂혀 있는
장미만 보았다 그 입술
세상과의 경계를 명백히 한
그 신비한 향기만
탐했다 습관처럼

쉽게 다가갔다
아름답다고 말했다
코를 대고 향기를 맡았다
한 발짝 떨어져
오랫동안 보곤 했다, 익숙함은 늘
중요한 것을 잊게 하는 법

습관처럼, 꽃병에 꽂힌 장미를 생각하며 지나치던
아파트 화단, 오래된 장미 나무 가까이에 오늘 나는 본다
끔찍스럽게 돋친
가시 줄기, 자기를 지키기 위해 자기 힘으로
스스로 흉악스러워진
그 한 뺨 한 뺨

보는 사람의 뼈에 박혀
피를 흘리게 하는
거룩한
오 오, 신비한 향기의 절반은 가시의 고독이었다

꽃병의 붉은 장미를 보며

행동이 되지 못한
모오든 생각은 붉다

말하고 싶었지만 언저리만 서성대다가 날려버린
첫사랑의 고백이라든지
生을 뒤집어 꼬옥
너에게 가리라 다짐하던 마음
그 무엇인가를 향해
화살처럼 날아가 꽂히지 못하고
녹슬어 버린

행하지 못한 만큼
내면을 찌르며 범람한 피하출혈처럼
붉다
그 앞에 아무리 근사한 말을 덧붙여 감추려해도
그대에게 다다르지 못한
사랑은

오늘도 입안 가득
수십 개의 혀를 물고

말라가는 꽃병의 장미처럼
하반신이 잘린 모오든 생각은
저 끔찍한 불치병처럼 죽어가면서도
붉다

생은 영원히 비어 있나니

죄를 묻지 마라
원망도 마라
우리 모두는 아무도 모르는 곳에서 온다 우연처럼
때론 불같은 욕망과 두려움으로
때로는 견딜 수 없는 사소함, 발톱 깎는 등 굽은 사람의
모습으로
온다 석공의 정(丁)처럼 그는
내 몸에 겨누어졌다가 튕겨 나간다
어제, 한 순간, 나는, 거기
불꽃처럼 거기에 있었을 뿐 우리 모두는
어두운 곳에서 왔다가 빛으로 흩어진다
일렁이는 그림자를 뿌리고
나는 나를 스쳐 간다

능소화(凌霄花)를 본 적이 있다. 청주, 서울식당, 날파리들,
냉장고 위, 콜라병,
철사줄 같은 모가지, 부드러운 주황색 입술 그리고
생은 스쳐갈 뿐

겨울 볕 하도 좋아서

하도
겨울 볕이 좋아서
四十 年 前
오줌 싼 이불 빨랫줄에 널어 두고
바가지 들고 징징 짜며
소금동냥 간다
거기— 송림동 꼭대기에서 아랫동네
시루떡가루 같은 볕 다 밟으며

외할머니 집으로

춘분(春分)

지난가을
푼돈 쥔 남정네란 남정네
위아래 할 것 없이 동서(同棲) 맺어 놓고
갑자기 사라져 버렸던 그 여자
도계 역에 나타났다
어디 가서 늘어지게 겨울잠 잤는지
뽀얀한 얼굴에 엉덩이 어지럽게 흔들며
춘분점 지나
동네 밖
이리 기웃 저리 빙빙
허벅지 내보인다

난분분
난분분

돌배꽃

남준이랑
남준이랑
별 말 없이 종일 술 먹고 밤새 울다가
너무 환해
깜박잠서 깨어 산방문 여니
눈부시어라, 거기서 천 년 기다리던 여자
순한 팔때기 하나 내 가슴속으로 꾸욱 밀어넣고
하얀 꽃 컨다
후룩 진다
웃음도 눈물도 하얗다고, 저 돌배꽃
운다

세상의 길

세상의 길은 늘 한 걸음 앞에 있느니
생각은 연(鳶)처럼 높고 외로웠으나
동무하는 풍경이었을 뿐이다

때론 내일이 두렵기도 했다
하지만 저질러놓고 보면
생이란 의외로 단순하고 투명해
시집가지 않은 누이가 외박하고 들어온 새벽처럼 그저
어제 일을 데리고 올 뿐

길은 다만 한 걸음 앞 저 만큼서
나의 이름으로 나를 기다리고
언제 보아도 외롭지 않을 만큼 둥글게 휘어진
산모퉁이 철길 같았다

유치한 것이 아름답다

나이 탓일지도 모르지만
유치한 것이 아름다워 보인다

실내가 어두운 맥주집
집요할 정도로 여자를 꼬시는 남자와
고 머리끝에 올라타 맥주를 홀짝거리며
선한 눈이 필요 이상 반짝거리는
여자
실제보다 항상 두 세 배는 뻥튀기 됐을 사내다운 목소리
와
불안과 행복이 콧등에서 빛나는 여자의 얼굴

아름답다
다른 사람에겐 닿기 싫어하는 조명등 불빛
둘만을 껴안고 밤 열두 시를 넘기는 생생함이
취한다

정숙한 아내와 너무 오래 산 탓일까?
어둠 속에서 내 마음을 끄는 것은 전부
낮이 오면 공짜로도 받아서는 안 될 천한 색깔이다

한 때 나 거기로부터 나왔으면서도
나왔으면서도 등 돌려버린 門

사내는 안주머니에서 장지갑을 꺼내 척 술값을 지불하고
문을 열어젖히며 여자의 팔을 잡아끈다, 저 싱싱함
아마 내 나이가 접혀가는가 보다

제 3 부

내 영혼은 주황색이다

선인장

사무실 한 귀퉁이
볼품 없는 플라스틱 화분에 담긴
선인장에 물을 주다가 생각한다.
연탄재 같은 흙에 뿌리를 박고
어떤 관심으로부터도 원망을 버린 무표정한 얼굴.
다른 땅을 탐하겠다는 욕망도 버린 채
스스로 단단하게 굳어 버린 초록 껍질
지겹도록 같은 자세로 있다가 언제부턴가
모든 정신이 가시가 되어 버린 聖者 그래 성자.
선인장은 좁다라던지 목마르다는 일체의 불평이 없다.
꼿꼿이 서서 제 몸에 과분하다고 생각되는 것은
소리 없이 스스로 말려 죽여버린다
죽어서도 같이 데리고 사는
선인장에 물을 주다가 갑자기 노여워졌다.
늘 욕망의 찌꺼기들을 피부병처럼 가진 내가
지금 그의 가시를 보고 있다니, 저 번쩍이는 정신을!

물을 주어도 선인장은 담담하다
눈빛이 하늘에 걸린 수도승처럼

은행나무처럼

- 1999. 11. 11 외박하고 쓴 반성문

나도 저 은행나무 속으로 들어가
平生 서 있을까부다
잠들지 않고
딴전 피우지도 않으며
平生 하늘 보며
늙어갈까부다
내 마누라 허리 꼬부라져
하루 한 번 손주놈 손잡고 슈퍼마켓 갈 때 돌아올 때
목 빠지게 기다리다가 박수치다가 황금빛으로 웃다가
왕창 서러워져
긴 밤 꼿꼿이 서서 철야 기도하는
나도 저 은행나무 속으로 들어가
平生 나가지 말까부다
詩도 읽지 말고

外泊도 없이

그는 어디로 갔는가

그는 사라졌다
실성하기는 했지만 동네 어른이 찾아가서
자네 논일 좀 도와주게, 하면 군소리 없이 따라가 일을 해
주고
먹을 것을 받아가곤 하던
그는, 일 없는 날이면 어디로 어디로 돌아다니며
전깃줄을 구해 껍데기를 까서 구리선을 모았고
비 오는 날이면 그 선을 온몸에 칭칭 감고
논과 밭을 헤매고 다녔다
사람들은 그가 벼락을 맞으려고 그런다고 했다
얼결에 그의 붉은 눈시울을 보았던 사람들은 그가 육이오
때
집으로 가다가 폭탄이 떨어져 가족이 몰살하는
순간을 보아서 그런다고도 했다, 그는
두 팔을 치켜들고
번개를 부르고 다녔다
일 없는 날이면 어김없이 더 많은 전깃줄을 찾으러
읍으로 읍으로 헤매 다녔고 어느 해이던가
엄청난 비와 함께 천둥 번개 무섭던 날
구리선을 칭칭 감은 그는 갑자기 없어졌다

노루목 고개를 따라 내려오던 하얀 메밀밭이
벌건 배를 드러내고 뒤집어진
그 해

삼익조(三翼鳥)

가을, 철산동 주민 체육대회 날
땡볕 내리쬐는 운동장 한 귀퉁이에서
그는 춤을 추고 있었다
술잔을 머리 위로 치켜들고
연신 몸을 출렁이며
가라오케 엠프 소리에 맞춰
흔들흔들 신들려 가고 있었다
볕기둥 꿈쩍 않고 박혀 있던 운동장
소리를 지르며 동별 축구시합을 하고 있는 그 순간에도
점심을 먹으러 사람들이 그늘 속으로 사라진 후에도
벌써 서너 시간째 그의 몸에는
세 개의 날개가 펄럭이고 있었다
두 발과 한 손으로 훨훨 날고 있었다
부침개를 부치던 아주머니가
막걸리와 안주거리를 발 밑에 갖다 놓으면
마치 새가 내려앉듯 술을 따르고
춤은 계속되었다
은행나무들이 점점 황금빛으로 변해 가던 그 거대한 시간
三翼鳥였다, 그는

내 영혼은 주황色이다

내 영혼은

삼십여 년 전 인천항 부두 하역장
밀가루 포대를 산더미처럼 싣고는
카릉 카릉 카르르릉—
시커먼 연기를 뿜어내며 천천히 천천히
움직이고 있던 집채만하던 대한통운 그 주황색 트럭,
오랫동안 보고 있다
장딴지에 힘을 주고
두 주먹 불끈 쥔 채
나는 커서 저 트럭운전사가 되리라

보고 있다
쇠막대기들이 철다리처럼 어깨를 겯고는
세상에서 가장 높은 철탑을 세웠던 언덕빼기 송전소
그 쇳덩어리들이 한 순간 시커멓게 변하며
불타오르던 저녁놀,
해떨어지는 인천 앞바다처럼
두려움과 붉은 심줄이 뒤엉키는 하늘을 보며
나는 출렁거렸다

그냥 가슴 설레며
밤마다 밤마다
아버지 다니시던 인천제철 공장 굴뚝으로
화악— 화악— 쏟아져 나오던 그 불덩이와 연기들에
빨려 들었다 내 영혼은
대통령이나 선생님 혹은 詩人이나 같은 직업을 모르던
그 시절, 아득한 날부터

불덩어리 주황色이었다
하얀 뼈를 지키던
내 영혼은

벌판의 나무는

− 조정환 선배의 투쟁에 화답한다

벌판에 서 있는 나무는 先知者의 모습이다
정원에 사는 나무의 모습이 아니다
작은 바람에도 온 몸을 흔들어야 하는
그의 마디마디는 굵고 가지는 성기다
들판의 정신은 그 누구든 무성한 가지를 갖지 않는다
그것은 식(識)이 아니라 본능이고 삶이어서
가능한 몸을 낮춰 안 쪽으로 모으고
눈이 아니라 몸으로 보고 듣는다
정녕 누구의 소리에 귀를 기울이는 것인가, 그는
제 초록 심장의 펌프질 소리를 듣는다
그 소리를 따라 잎을 만들어 바람의 뜻을 노래한다
그 소리를 따라 그늘을 만들어 태양의 뜻을 전한다
그 소리를 따라 잎을 버리고 흰 눈의 뜻을 그려낸다
그러고도 무엇하나 제 것으로 두는가 오직
순환하는 세월만 몸에 남긴다
바람이 불면 날아갈 잎들은 말할지 모른다, 못난 놈이라
고
8월 염천(炎天)이 내려와 그의 등판에서
소금을 캐어가는 지금
본다, 벌판의 나무는 先知者의 모습이다

눈물겨운 아름다움에 대해

고참이 '죽어라' 하면 죽는시늉까지 하던
이십 여 년 전 군에 있을 때 일이다.
잠자리에 들기 전에 정리정돈을 검사 받는 살벌한 시간
담당 하사관이 사병에게 온 편지를 나누어주었다.
그날따라 편지를 받은 사람이 한 명이었고
그에게 공개적으로 편지를 읽게 했다.
그 사병은 불쾌했지만 내색하지 못하고
삼십 여명이 다 들을 수 있도록 큰 목소리로 낭송했다.
그의 아픔이야 어쨌든 달콤하고 아름다운 일이다
갇혀 있는 혈기왕성한 사내들에게 그것도 여자의 연서란.
그런데 어느 부분에서 그 사병은 읽기를 주저하였고
편지읽기를 지시했던 상급자가 수틀렸는지
군기가 빠졌다며 나머지 사병들에게 머리박아를 시켰다.
분위기를 알아차린 그 사병은 마지못해 다시 읽기 시작했
는데,
그 순간의 구절은 다음과 같았다.
"자기야, 내 보지 잘 있어. 자기 자지도 잘 있어? 죽겠다."
원산폭격 자세였던 이십 여 년 전 그때
우리는 세상이 터져나가라 웃었다.

그러나 지금 나는 운다.
어차피 조잡할 수밖에 없는 생이 서러워서가 아니라
그처럼 눈물겨운 아름다움을 또다시 볼 수 있으랴 하는
생각 들어서

노 을

붉다

바닷가 근처쯤
조그맣게 민박이라고 쓰여진 그 집 앞마당
물봉숭아 핀 수돗가에서
저녁쌀 씻는 한 女子와
그 옆에 털썩 주저앉아 다리 쭉 뻗고
버너에 불 지피는 갓 스물을 넘겼을 사내 그리고
좋은 쪽으로만
좋은 쪽으로만
뉘엇 뉘엇 생각이 기울던 하늘
일제히 와르르
온통 붉어지나니

매미 소리도 붉그다
거기서 만났더라면 어찌 되었을까 생각되는
한 사람도
아직

삼천포에 가서 술 먹으면

고등학교 졸업하고부터
꼭 가본다 가본다 하곤 아직도 가보지 못한
삼천포에 가서 술 먹으면 왠지 술맛이 좋을 것 같다.
이제 사십도 중반을 넘겼으니
못생긴 내 인생쯤인 듯한
깊숙이 들어간 포구
거기 거기쯤서 억센 아줌씨가 잡아당기는 손길 따라
갯비린내 펄펄 풍기는 어시장 한 귀퉁이서
술 한 잔 하면 참 좋을 것 같다.
그 옆에 「낮술」이라는 시를 쓴 박두규와
그냥 시가 좋아서 따라나섰다는 또래 여자가 동석해
술친구에 술값 걱정까지 덜어준다면 난
취할 때까지 술을 할 것 같다 삼천포에서.
결국 지나고 나면 아무것도 아니라는 것을 알면서도
버리지도 못하고 그렇다고 얻지도 못한 것들
거기 삼천포에서 생각하며 술을 먹는다면 왠지
좋게 취할 것 같다, 그냥 먹어야지 싶어 첫 술 먹던
스무 살 때처럼.

백양사

白羊寺라는 절이 있나 보다
눈을 감고 白羊寺라고 되뇌어 보면 왠지
마음이 다 환해지는 이름

나는 이십 여 년 전
어질 인 자와 구슬 옥 자를 쓰는 여자를 만나기 위해
처음으로 광주라는 곳을 갔고 그 때
아니면 그 후 언제쯤에
지나치며 철도역 간판에서 白羊寺를 보았던 것 같다

후로도 白羊寺에 가 본 적은 없다
후로도 그 여자를 본 적이 없다
그런데도 언제부턴가 눈을 감고
白羊寺 白羊寺 되뇌이면
하얀 뭉게구름 아래 나 여지껏 본 적이 없는
오래된 마을이 떠오르고

양처럼 순한 바위덩이들을 돌보는
지금은 얼굴조차 기억되지 않는 여자
하야난 이팝나무꽃그늘 아래서

높푸르게 날리는 휘파람 소리 들린다

白羊寺 白羊寺 이십 여 년 전처럼 희고 고운
白羊寺 白羊寺 이십 여 년 후에도 희고 고운

녹차를 보며

손님에게 작설차를 올렸다
찬찬히 입술을 대더니 나를 보며
맛있다고 했다

이런 저런 이야기를 하며 세 번 정도를 우렸을 때
그는 잔을 내려놓으며 약간 얼굴을 찡그리곤
떫다고 했다

조금 후
손님은 가고
나는 떫어진 작설차 잎사귀를
아주 오랫동안 오랫동안 보았다

식은 물 속에 잎사귀는 생전의 모습처럼
펴져 있고
탁해진 떫은 눈물
고였다

한 사내가 나이 사십이 되는 순간

— 부여박물관 입구에서 서 있는, 그러니까 한 천오백 살쯤 먹은
불 상이 겨울비가 내리는데도 웃고 있는 표정일 수밖에 없는 이유
에 대해

이 천년 일월 삼일
대천 바닷가 콘도에서
갈길 바쁜 아빠가 이부자리를 갰다는 이유로, 다만 그 이
유로
네 살 쥐방울만한 딸이 심통 나서
이 십분 넘게 생떼를 피우자
옆에서 혼자 떠들고 있던 텔레비전
아침 연속극 주인공들도 심각해지고
베란다 창 밖에서 심심해하던 겨울 하늘도
무슨 구경났다고
새파란 눈 점점 점점 커다랗게 뜨던, 순간
이러지도 저러지도 못하는
그 아비
꼴깍, 사십 됐다

허리가 아프면 짜장면이 먹고 싶다

20년 전에 성북경찰서에 잡혀간 적이 있다
이놈 저놈 들어와 흠씬 두들겨 팼다
진달래가 북한꽃임을 몰랐느냐
가택수사 때 가져온 이어폰을 들이대며 북한방송 들었느
냐
훗날 녹슬은 해방구라는 소설을 쓴 작가의 학적부 사진을
들이대며
'이 놈의 지시를 받았다고 해' 하며 두들겨 팼다
그렇게 서너 시간 맞고 나면 찾아오던 동굴 속 같은 시간
(시인 지망생이었던 나는 그 때 비로소 '한 아이가 달려가
오' 하던 李箱의 <오감도>라는 괴상한 詩를 이해할 수 있었
다)
아마 그 날이 비가 많이 오던 날이었을까
창 밖에서 짜장면 냄새가 기막히게 풍겨 들어오고
나는 살고 싶었다 먹고 싶었다 그리고 벌써
20년, 이후 지병이 되어 버린 허리가 아프다
힘든 일을 하거나 신경을 많이 쓰면, 그러니까
귀족처럼 살지 않으면 돋치는 병

며칠 전
당시 내 담당 검사였던 安머시기는 동기들과 함께 옷 벗
었다
몇 년 전 녹슬은 해방구의 작가는 간암으로 저 세상으로
갔다
어떤 이의 영화와 어떤 이의 비극 사이에
오오, 무너지지 않는 질긴 생이여

한의원을 나서는 내 콧구멍에
다시 짜장면 냄새가 진동한다, 짜장면이 먹고 싶다

부평역에서

하늘로 뚫린 높은 계단을
뒷짐 진 노인이 힘겹게 오른다
움직일 때마다 손에 들린 검은 비닐봉다리가
체중기의 눈금처럼 불안하게 흔들렸다
마지막 계단을 오르자 긴 숨을 두 번 몰아 쉬고
다시 의자 쪽을 향해 한 걸음 내딛다 멈춘다
거기까지 가서 무엇할 거냐는 듯
부평역이라는 표지가 붙은 기둥 옆에 구부정하게 섰고
철제 기둥은 참으로 든든해 보였다
다시 긴 숨을 두 번 내쉬더니
바짓가랑이를 당겨 올리며 쪼그려 앉는다
상체의 절반이 기둥에 붙어 버렸고
드러난 발목이 꼬챙이처럼 가늘다
가슴께서 담배를 꺼내 문다 그때
더위를 참기 싫다는 듯 일부만 몸을 가린 여자가 획 지나
고
  순간, 노인은 사라졌다가 다시 그 자세로
  담배 연기를 길게 뿜고 있었다
  오래된 습관만이 세월을 견딜지 모른다, 적어도
  그 모습이 내겐 거룩하게 보였다

노인의 눈길을 따라가다 멈춘다
철골 지붕선으로 잘린 하늘은 징그럽게 파랗고
전철 도착을 알리는 신호음이 자지러진다 내 머리 위로
지지직거리는 잡음소리와 함께

造花 동백나무

한 점 햇빛도 없는 지하 생맥주집 한 켠
여름에도 피어 있는 빨간 꽃뭉치 冬柏
2년째 시들지도 않고 그대로다
언제부턴지는 모르지만 나는 그 집에 가면
그 꽃이 조화라는 것을 알면서도
별 이유 없이 꽃잎을 손가락 끝으로 부벼 본다
때마다 담뱃진에 찌든 끈끈한 먼지가 묻어나지만
더럽다, 혹은 예쁘다, 불쌍하다, 는 생각도 없다
처음에는 조화의 아픔에 대해서 골똘히 생각했었다
분노하고 슬퍼하며 그 향기를 음미하려 했다
다음에는 조화여서 좋겠다는 생각에도 골똘했었다
그때마다 나를 스쳐간 부끄러움들이 목에 걸렸고
冬柏은 말없이 내 어깨 너머로 눈길 붉었다
하지만 요즘은 그냥 쳐다보며 술 마신다
가끔 혹시나 하여 돌아보긴 하지만
거기는 햇빛 한 점 들지 않는 지하 생맥주집
고마울 뿐이다 그저 거기 있음이

빛나는 길

― 장어를 위하여

낯선 이국 땅의 물에서 생존하기 위해
길이가 90센티인 올리브빛 아시아산 민물장어(swamp eel)
는
오직 살기 위해 스스로를 개조했다
우리 땅에서 살기 위해 악명을 얻은 황소개구리처럼
그 식욕은 미국의 토착어종인 베스, 블루길 등을 비롯해
개구리, 새우, 벌레등을 닥치는 데로 잡아먹는다고 한다
생존능력도 가공할 정도로 증대되어
물과 먹이를 일절 먹지 않고도
젖은 수건에 둘러싸여 7개월 정도를 버티고
찬물 더운물을 가리지 않고 짠물에서도 잘 견딘다고 한다
무엇이 그렇게 만들었을까, 물을 필요는 없다
가뭄이 들어 늪지의 물이 바닥을 드러내도
주둥이에 뚫린 구멍 두 개로 호흡을 하며
몇 개월씩 버틸 수 있게 되었다는 장어
궁지에 몰릴수록 생존의 힘은 더 처절하여
주변에 이성 파트너가 없으면 스스로의 성을 전환하여
번식을 꾀한다고 한다
솔직히 끔찍스러운 변화이다, 하지만 현실이다
천적이라고는 악어뿐이 없다는데

옆에서 다이너마이트를 터뜨려도 살 수 있는
단단한 피부를 가지게 되었다는 아시아산 장어
이제 그는 어제의 장어가 아닌 슈퍼 물고기다
생존하기 위해 오직, 신자유주의 본토의 늪에서 스스로를
개조한
아시아산 민물장어에 대해 나는 선악을 논할 수 없다 다
만
장어는 그의 빛나는 몸의 길을 갈 뿐이다
장어는 오직 운명을 열어갈 뿐이다

제 4 부

내가 없는 그 곳에서

들국화

사십 못 미쳐
인적 드문 길가에
그 여자 혼자 두고 나만 왔지 나 나쁘지
처음, 집 나서 어쩔 줄 모르는 눈길
옷깃만 스쳐도 두근두근 펼쳐지는
하얀 홑웃음 그 여자
거기 가만 숨었으라고
꼭 찾아 올 거라 건성으로 일러두고
뒷모습만 한참 남겨 두고
나만 왔지 千年 前
해 비스듬히 누었을 때
들도 거반 비어 갈 때
온통 들국 들국 흔들리는
그 여자 거기 두고
나만 왔지
나 참 나쁘지

내가 없는 그곳에서

내가 없는 그곳에서
너는 잠자고 일하고
작은 행복을 가질 것이다
내가 없는 그곳에서 너는
문득 문득 나를 볼 것이다
아름다운 옷을 입고 거울 앞에 섰을 때
마치 바람의 지문(指紋) 같은
꽃잎의 미세한 떨림으로
너는 나를 느끼며 또한
말수가 줄고 늙어 갈 것이다
마지막에 너는 오랫동안 감추어 두었던 내 이름을
내가 너에게 주었던 첫 붉은 입술에 담아
복사꽃처럼 날릴 것이다
이 세상에서 가장 가벼운 영혼 되어

끝내
내가 없는 눈물 속에서

담배를 물고 날아가는 새가 되는 것이다

14층
아파트 베란다에서
담배를 물고
차렷을 해본다
형편없이 취해서 차렷이 안 된다
계속 차렷을 해보려고 노력하다가 발을 보니
이상하다 내 발이
어디서 쑥 삐져 나온
그러니까 동물원 같은 데서 본
둔한 몸집에 다리만 장대같이 긴
새의 발 같다
갑자기 내가 새는 아닌가 하는 생각이
양 옆구리에서 푸다다닥 한다 14층
아파트 베란다에서

우스운 일이다
그렇다면 나는 최초로 담배를 물고 날아가는
술 취한 새가 되는 것이다 나이 사십에 비로소 14층
아파트 베란다에서……

가버린 세월에 대해

술 취한 객지 여관잠 깨었을 때
커튼으로 번지던 낯선 햇살
덜컥, 겁이 들면서 생각나는 어제의 여자
없었으면 하고 돌아보는 옆
세상 모르게 굳어버린 나의 죄여!

이것이 내 청춘의 마지막 풍경이었다
실망도 할 줄 모르는 여자에 대해 탓할 겨를도 없이
엄연하다 아브라함은 이삭을 낳고 이삭은 야곱을 낳고
무겁다 불장난이었다는 말도
혁명이었다는 말도

나는 담배를 피워 물었다, 갈 곳이 없었다
커튼을 뚫고 들어온 햇살은 나를 화석처럼 비추고, 비로
소
이해가 되었다
과거가 없는 곳을 찾는 사람의 발자국처럼 어지러웠던
길바닥 민들레의 노오란 눈동자가

생에는 어떤 여지도 없다는 것이

조금씩 깨달아질 때쯤
나는 거기를 떠나야 했다
청춘의 문을, 두려움으로

커다란 느티나무 아래서

이제 그만
고향 뒷산 커다란 느티나무 아래로 가서
담배나 한 대 피우고 싶다.
기쁘다는 말도 아프다는 표정도 감추어 둔
넓은 나무 그늘에 앉아
세상의 술 처음 먹었을 때처럼
내 몸 푸른 새떼로 붕붕 날게 하던
그 많은 잎사귀들을 하나하나 바라보며
담배를 피우고 싶다.
무엇을 탐해 가지를 벌린 것도 아닌데
비바람에 찢겨 버렸던 폭풍의 그 밤 그 아침
서늘했던 나무의 눈을 추억하며
고요해지고 싶다 이제.
비탈의 균형을 잡아주기 위해
한쪽 뿌리를 얼기설기 드러낸 채
평생의 과업 인양 늙어 버린
그 커다란 느티나무 아래에서
담배나 한 대 피우고 싶다.
그 느티나무를 사랑하여 천년쯤
꼼짝도 않고 저기에서 바라보고만 있는 앞산

아스라한 봉우리 올려 보며
눈물 흘리며.

눈 오시는 날이어라

무릎까지 눈이 오고
또 오시는 날이어라.
월급봉투 받은 아버지는 오시지 않고
밤새 뜬눈이었던 어머니
읍내 술집으로 그 아들을 보냈다, 30年 前
진주옥 大門

아버지-
아버지-

마당 저 편
창호지 문이 벌컥 열리며
아들 왔어-, 빨리 일어나-
하는 여인네 목소리 들리고
개새끼는 좋아라 펄쩍펄쩍 뛰던
그때쯤

처마 끝에 매달린 알전구
밤새 봉당에 놓인 작업화를 내려보다 이제 막
푸시싯

눈빛 속으로
사라져 버린

오늘은 하얀 눈
펑 펑
무릎까지 오고
또 또 오시는 날이어라.

포크레인의 잠

뚜드드드드득, 커렁
뚜드드드드득, 커렁
시커먼 연기와 근육질의 굉음을 토해내며
종일 부수고 퍼 나르던 포크레인이
공사장 한 켠에서 잠잔다
하루의 노동이 그대로 굳어버린 듯
제 거대한 팔을 버팀하여
쇳덩어리로 돌아간 정신
마치 철야 작업을 끝내고 잠이 든 아버지의 방 같다
어떤 반성도 어떤 꿈도
남겨두지 않는 저 평온함에선
차라리 아이의 냄새가 났다
정신과 육체가 함께 깨어나
뚜드드드드득 춤추고 일시에 잠이 들던
아득한 나의 나의 나의
포크레인이 잠들고
세상은 모두 한 형제처럼 거룩해진, 밤이다

생전에

生前에
시멘트 가루 뒤집어쓰고 일하시던 아버지가 어머니 몰래
들락날락하며 정붙였음 직한 술집을 갔습니다
맞을 '연'자를 쓰는 여자와
착할 '선'자를 쓰는 조금 젊어 보이는 여자가
그날 따라 손님이 없어 선지
반갑게 술상들이며 말을 걸고 눈치껏 앉아 술 추렴합니다
두 여자의 공통점은 말 잘하고 다정다감하며
어떻든 나처럼 돈을 좋아한다는 점입니다
그런데 묘한 것은 그런 술집 여잔줄 알면서도 정말이지
돈 있으면 한 상 차리고 싶습니다
절반쯤 주저앉은 생이란들
서러움 없이 그냥 저냥 달래는 재주를 보니
이부자리까지 본들 죄가 될 것 같지 않습니다
비가 올 듯 후덥지근한 여름날, 주머니는 비어 있고
그 여자도 감 잡은 듯 한데 웬일인지
한 잔 더 하고 갔으면 하는 눈칩니다
그 집 골목 담장에 앵초꽃, 붉디붉은 날

어떤 외롬인지

일 출

새벽같이 겨울 감포 앞바다에 갔다
바다 끝이 발그레지자 사람들은 환호했고
2,3분만에 일출쇼는 끝났다
가슴이 뿌듯했는지 어쩐지 모르겠으나
사람들은 재빨리 겨울 바닷바람을 등진 채
히터를 틀어 놓은 차로 돌아갔고
예술 사진을 찍으려고 벼르고 와 설치던 재수좋은 사람들
도
삼각대를 접고 어딘가로 몰려간다
잠깐 새 텅 빈 바닷가
갈매기만 펄펄 날고
파도는 귀가 멍멍하게 똑같은 소리 지르는데
밤새 술에 취해 거기에 있었을까, 부산식당 유리창
얼굴이 벌게져 설설 끓는 해장국 솥단지 끼고 앉아
하루 일을 시작한다
바다가 보는 일출이렷다!

짜장면

중국집에 음식을 시켰는데
평소보다 한 다섯 배는 늦었다
배달하는 아이가 문을 들어서며
오늘이 초등학교 졸업식이라서……

그랬다
삼십 년 전 나도 처음으로 탕수육과
짜장면 먹었다

삼거리 이층 북경반점
지금은 계시지 않는 아버지가 작업복 차림으로 잠깐 나오
셔
빙긋 웃으시며 한 젓가락 더 담아 준
세상에서 가장 맛있던
점심

먹었다, 모처럼

국수 한 그릇 먹고 나온 사이

마을 회관에 잔치가 있어 갔다가
담배를 피려고 밖으로 나왔다
뉘 집 갠지 양지 바른 곳에서
뭔가를 입에 물고 혼자 버지럭거리며 재미있다
휘파람을 불어도 힐끗 한 번 쳐다보고는 연신
뒹굴거리며 장난 놀았다
담배를 다 피워 갈 때쯤, 갑자기 벌떡 일어서더니
냅다 트럭 있는 쪽으로 뛰었다
보니 별 게 있었던 것도 아니었다
그놈 혼자서도 재미있게 노는구나 생각을 하며
들어가 국수 한 그릇 먹고 다시 밖으로 나왔는데
구멍가게 아주머니가 말했다
"밤낮 찻길에서 놀더니만……
아저씨 저 놈 좀 길 가생이로 끌어내 줘요."
찻길을 보니, 방금 전에 보았던 그 개였다

하늘이 정말 파래서
아무 생각도 나지 않고 귀가 멍멍하기만 했던 날
나는 거기에 있었다

나이테를 세다가

전주에 있는 전통 찻집 <가람>에 가면
수령이 한 삼 백 년쯤 된 나무 등걸로 만든 차 받침대가
있다
나이테를 보니 그도 사람의 성장처럼
어렸을 때는 무럭무럭 자라 간격이 성기고
그를 사랑해 준 쪽으로는 더 많이 자랐다
잠시 눈을 감고 그에게로 오던 햇살을 생각한다
그러나 내가 당신을 그리워하듯 그처럼
한쪽으로 기울어진 마음은 위험하다고 생각했을 반대편
나이테는
있는 힘을 다해 버팅겼는지 간격이 좁고 심줄처럼 선명했
다
그리고 한 이삼십 년쯤 지나고부터는
마디게 자란 흔적이 역력하다
더러 몸통이 갈라져 깊게 패인 부분은 힘겹게 아물기도
하고
어떤 부분은 한 십 년의 세월이 함몰된 곳도 있다
손끝을 그 상처에 대며 나는 순수의 結晶, 이라고 중얼거
린다
한 세월을 기억한다 그의 얼굴을 떠올린다, 하지만

이목구비는 이미 흐트러졌고 윤곽만
대야에 담긴 물이 처마에 그린 흰빛무늬처럼
흔들렸다, 마구 흔들렸다, 마구 흔들렸다
영원처럼 긴 그러나 순간!
사라지는 것은 없다 들어서는 문이 다를 뿐
내 나이까지 나이테의 수를 헤아리던 나는
슬그머니 손을 내리고 입을 다문다

여주인의 손에 들려 나온 다기들
내 앞에 공손하게 앉는다 그도 침묵한다, 사라진 격정의
속살처럼

기다림을 위하여

기다림은 겨울로 들어섰고
차가운 내 발에는 감각이 없다
딛고 선 것이 없다는 느낌 저만치에
그렇다, 발이야말로 나의 유일한 증거자(證據者),
평생 발은 나를 따라 다녔다
세상에 태어나 처음으로 일어섰을 때도
세상에서 가장 행복한 도둑질이었던 한 여자를 훔칠 때도
발은 늘 나와 함께 있었다
어쩌면 발은 내 운명 밖에서
모든 것, 내 음란함까지도 보는
聖者일지 모른다
삐죽 튀어나온 감각을 스스로 마비시킨 채
지금, 묵묵히 나를 쳐다보고 있는 저 발
갑자기 자기의 귀를 잘라내고
자화상을 그렸다는 고흐가 떠올랐다
오늘 나는 이 성자를 위해 무엇을 할 수 있을까
겨울은 더 깊어지고
길은 아직 텅 비어 있는데